丹青吟草

——耿刘同诗选

耿刘同　著

中国国际广播出版社

代序

短笛无腔信口吹

——耿刘同与他的题画诗

胡小石

耿刘同是一位中国园林专家，尤其是对皇家园林的研究与管理，从理论到实践均卓有建树，并有多部专著面世，在业内享有较高声誉。这些，都不是我这个外行所敢置喙的，我只能就他的这部诗选发表点"孔见"。

由我来为他的诗选写一篇序言，令我深感荣幸的同时也深知这是出于我俩有个"三同"的机缘：一是同乡、二是同庚（我只比他大六天）、三是同学（从上小学一直同到高中），相知相交凡七十余载，自幼便志趣相投、惺惺相惜。我们两家离得很近，往返学校从来都是一路同行，兴之所至无话不谈，彼此间的了解如同一人。那时我常惊异于他的博学强识、多才多艺和幽默风趣，我不知道他何以熟稔那么多艺坛典故，还随口就能冒出几句唐诗、宋词、散曲；他钢笔字写得不怎么样，却别有一番风流倜傥。难道这些都是与生俱来的？及长，我慢慢有些明白了，原来他是生长在一个几代书香的名医世家。他家所在的耿家巷，便是因他家耿氏医药六世名医而得名，这在扬州，妇孺皆知。

我小时候见过他的祖父，耿氏"内外喉科"第五代掌门人耿蕉麓（1869—1951），年逾八旬的老先生一派仙风道骨，他的医道、医术和医德，在扬州声名远播。医事之余，老先生还擅长书法篆刻，精通昆曲、绘画诸艺，可谓一代儒医之翘楚。记得我们上中学时，只要搞文艺活动，总是上他家去借笛子、三弦、二胡、鼓板等乐器，那是老先生爱唱昆曲置备下的家底儿，还有服装道具，包括老先生出诊用的黄包车，我们都借出来过。

耿刘同之父耿鉴庭（1915—1999）更是一位博雅大医，他集中医学家、医史学家、文献学家于一身，他的传略被收入《中华中医昆仑》丛书，丛书入选者均为中华百年来出类拔萃、贡献卓著、深受人们敬仰的中医药学界之杰出代表。他幼承家学，青年时代在扬州就已医名显赫。1955 年他 40 岁时奉调进京，参与筹建中医研究院（今中国中医科学院），是当时从全国选拔的有突出建树的中医人才中最年轻的一位。他毕生勤奋好读、博学多识，业界尊其为通才。临床之外，他结交了众多文化、历史、文物、考古界的知名人士，密切交往中，谈诗论画、赏古探幽、交流心得、展示成果、"奇文共欣赏，疑义相与析"，正所谓"谈笑有鸿儒，往来无白丁"是也。

试想，这样的生长环境、家庭氛围，使耿刘同从小到大所受到的耳濡目染，实际是接受着"细无声"的滋润，潜移默化中已经造就了他的文人气质，至于他后天的奋斗、努力，就无须我饶舌了。记得中学时代有件趣事：每到南方梅雨季，他就召集几个要好的同窗，每人发一把绘有书画的折扇，让我们小心使用，早晨发出、晚间交回，第二天再换一批，直到季节更替。原来这是他父亲收藏的大量名家书画折扇，装在箱子里会受潮发霉，用这个方法起到晾晒的作用。这些折扇不乏名家大腕的佳作，无形中也让我们这些"义工"接受了一次艺术的洗礼。耿刘同后来的绘画底蕴、眼界，与少时的艺术熏陶是分不开的。同样，对中国的古诗词，他所受到的"胎教"，为他日后的精研细读与系统化理解，奠定了坚实的基础。这种高起点，让他早早超越了那些食古不化的书虫。在本诗选中有一首《志诗》，虽是他一己之见，却纵横捭阖颇有见地：从《诗经》、乐府到三曹以及唐诗、宋词、元曲直至明清，短短二十句，夹叙夹议，给予了言简意赅的一语定评，最后的结语"古意尽于此，鼎新另置锅"不仅体现了对文化遗产吸收的精神，更着意于对创新的一种呼唤。

人们常说"术业有专攻"，耿刘同的术业主项是研究古典园林，而中国的古典园林是中华传统文化孕育出来的奇葩，其哲学与美学基因与中华诗词书画是你中有我、我中有你、水乳交融的关系。难以想象，一个对中华诗词书画"四大皆空"的人，如何能在这一领域立足，开掘。而耿刘同则属于流连在诗画之苑，"涉水"较深的一位一专多能型的杂家。说他杂家，毫无贬义，而是赞美。试读他那首《兔儿自白》（读时别忽略他的注释），看似闲情偶寄，信手拈来，其实是很见杂家功力的，奇思妙想中旁征博引，娓娓道来间字字有出处。杂家优于他人处在于文化知识面广、人文积淀丰厚，三教九流无所不包，雅俗古今从容穿越，他们思维不局限，也不拘泥于条条框框，能够天马行空挥洒自如，能够由此及彼取舍随意。比如耿刘同，即使在查阅历史地图时，他所感受的东西，也多在人文层面，而绝非仅着眼于地质地理之学（见《万里长滩》一诗）。

他有时还会把自己的世界观铸成警句，比如咏花草的诗中，像"色雅容亦雅，色媚颜亦媚"（见《书斋梅兰同放有感而作》一诗）。

收入本书的有一部分诗是他的题画诗，原本每首诗都有一幅灵动的画面与之相配，画中有诗诗中有画相辅相成。如他的《题墨梅》诗中所云："喜画梅花老不知，留有空处惯题诗。因写文章有余墨，且就文笔描劲枝。"一语道破他的文人画风格。

文人耿刘同，他的画是需要"读"的！无论是山水、人物还是花鸟仕女，具象与抽象、写实与写意之间，往往是得其意而忘其形，"读"他的画，能读出诸多的文字趣味：画趣、理趣、谐趣、童趣等，不一而足。而他的题画诗正是对画面的一种升华了的解读与画龙点睛式的补充。作为一名画家，他也曾以诗总结过自己作画时的心得以及一种与苏轼的"不识庐山真面目，只缘身在此山中"有同感的领悟：他在《题墨笔山水》《整理旧作山水得句》等诗中，将自己千里登临名山大川、修行参悟禅院古寺的寻觅为艺之途，归纳为"芒鞋、蒲团"（这两个名词已被他变为动词了）。他是看过了千山万水、悟到了共性与个性的异同，才不局限于对"黄岳"写实，而是"落墨成不周"，此是一种艺术境界的"窑变"过程。这大概也正是王国维所说的："诗人对宇宙人生，须入乎其内，又须出乎其外。入乎其内，故能写之。出乎其外，故能观之。入乎其内，故有生气。出乎其外，故有高致。"

诗人耿刘同，乃多情种子。他的诗无论是记游、叙事、状物、咏景、怀旧、抒怀，皆由一个"情"字当先。比如在《重到天龙山石窟》一诗中，他写道："四十二年真弹指，驱车迂回上天龙……渺矣同行皆作古，独来旧地辨影踪……群峰依旧白云好……举杯当酒醉晴空。"一种无言的缅怀，长歌当哭，情动于衷。另，他定位自己乃"画花也是种花人"，表达的是一种钟情于画艺的情愫，用这种怡红公子般的多情语言，道出了一位深谙耕耘的艰辛花农的心声：把希望和汗水播撒进艺苑的沃土，执着等待着花儿绽放的时刻。

文人耿刘同，是一位对酒当歌、热爱生活的达人。其《醉题梅花斗方》一诗有句云："无酒丹青浊，饮后勃生机。应知诗酒画，三物最相宜。"文人形骸毕现。其实傅抱石先生也曾有一方闲章"往往醉后"，打在他不少作品上。耿刘同的画作，很多也产生在微醺状态下。有次饮酒后，我陪他回书房，他来了画兴，铺纸挥毫，我亲眼见到他"落笔多醉意，调墨误蘸茶"的样子，不过那幅作品却是生机勃勃。他在五台山顶拾了块石头，把玩再三，爱不释手，竟也吟得一首《五台山之顶得石铭》，足见他对生活、对大自然之热爱。一首《惜纸歌》，道出了作者"智者崇天然"的赤子情怀。哪怕在古玩市场，淘到一杆红木大秤改造成的手杖，至今形影不离地带在身边（见《潘家园购得秤杆改制手杖歌》一诗）。

杂家耿刘同，是一位嬉笑怒骂皆成文章、风趣谐谑针砭时弊的老顽童。读他的《日记》一诗，最见杂家风范，要是能读到他那部已五十万言的真日记，一定是异彩纷呈、引人入胜。他在《席有猪舌闲拍曲》一诗中，对当今世态尤其是对某些舌生莲花之辈的讽刺，辛辣而幽默，入木三分。与此同时的还有《心得之心得》《题乱石假山图》等诗，特别是那首《红学之堕落》更是令人高叹"悲夫"，用当下网络语言便可译成"呵呵"，实乃"无可奈何花落去"之叹也。而那首《题斗方山水》中"名山有人画，我画无名山……"对名利场的喟叹，却以谐趣对之，令人哑然。

本诗选中，我尤其喜爱其题人物画的诗，因为生动、传神、有情、有趣。特别是一些佛道人物，诗中禅意氤氲，不是使人敬畏，而是让人觉得亲近、可爱、接地气，如题《钟馗典琴图》《达摩斗方》的诗。其中，尤以题《铁拐李卖葫芦图》的诗，鲜活有趣。包括一些题《侍女图》的诗，有的典雅、有的谐谑，都能让人读出文字趣味。最突出的还是他的幽默感，不事雕琢即扑面而来，真不知他是怎么练就这门本事的。记得我们当年分别走上工作岗位不久，我因杂事缠身一段时间，对他久疏音问，一天突然接到他的来信，信封内掉出一张他的肖像照，仔细一看，竟然是一张焦距没对好的模糊照片。正纳闷间，忽见背面写着："你印象中的我，你记忆中的我，已如此模糊，如此模糊！"真是让人哭笑不得。我想，这就是他独门功夫在生活中的运用吧。

画家耿刘同，曾自谦道："君不知，吾画梅花未从师。"其实诗人耿刘同何尝不是"吾写诗词亦如此"呀。我觉得无师自通亦不逊于名门师承，从师者无非学得点技巧，但艺术中最忌炫技，无技巧才是最高技巧。且读他的《数题一幅旧作山水》（之四），这分明就是一幅长联，从中能看出他不追求技巧，但技巧已在笔端熔铸为作品了。那首《墨笔背立美人牵马滩头小横幅四题》（之二）写得更好，诗与画相得益彰，情景交融，而且很有点宋词元曲的韵味，尽管写了画中人的对话、交流"闲穷究"，却也泄露了作者纠结于胸的对美的追求，也有力地证明了作者对艺术"标新立异，占他上流"的初心。

杂家耿刘同，虽然早就对诗词了然于胸，但他热衷于天马行空，主张淡化格律、浓缩韵味。他尊重古人对诗的定义："情动于中而形于言""言之不足，故长言之"。而对一些束缚现代人思维与情绪的清规戒律暂予搁置，仅作参考。他不想因词害义，更不愿削足适履。记得宋代诗人雷震的诗《村晚》末两句写道："牧童归去横牛背，短笛无腔信口吹。"这绝不是批评牧童没腔没调信口胡吹，而是赞美牧童的无拘无束、天真烂漫、毫不做作地尽情抒发着心底的愉悦之情，这是一种进入了"自由王国"的状态，是那些中规中矩的"应制诗人"望尘莫及的原生态。耿刘同的诗正是这种"短笛无腔信口吹"的现实例证。

2016 年于哈尔滨

目 录

题画篇

题画外篇

题画篇

题人物画

题《钟馗典琴图》

与尔共喜怒，富贵是所轻。
铮铮有铁骨，拳拳儿女情。
形介人与鬼，美丑突分明。
所仗唯一剑，虬髯接两鬓。
浇愁能狂饮，读书不用心。
时遇伪君子，火眼瞪金睛。
大腹自便便，嚼饱皆精灵。
春归端阳近，尚无沽酒银。
能当都典尽，唯剩七弦琴。
流水何必听，弹断缺知音。
解弢铺中去，计较两与斤。
宫商化布货，求醉不求醒。①

此画已赠人，录题，诗作于 1979 年。

注 | ① 布货：新莽钱币总称，此为借用。

题《墨笔罗汉》

来已来，去未去。
瀚海风沙，沧溟惊涛。
梵呗声里，多少故事。
振法宏愿，悲心慧眼，且住世。
中土西域辨禅机，
雪山雨花春秋意。
运笔合十，晕墨顶礼，摒微细。

失题画年月。

题《倚钟和尚图》

怪它钟落地，何来木杵。

送旅途乡思，要津警策。

更兼风抑雨咽，纵夜深更尽，难入人耳，

声声终失。

铁铸铜浇堪千古，宫商演协何由得。

伴鼓应铙，节拜起舞，

换得通体锈蚀。

幸有山河回荡，草木解情，

柔随清波，刚撼六合。

东流返，白云遏。

画题皆作于 1980 年至 1981 年间。

题《钟进士捉鼠图》

忠于职守，一丝不苟。
有鬼捉鬼，无鬼灭丑。
也曾忙里偷闲，喝他几杯老酒。
皆在赴衙之前，退堂之后，
扪心自问，有何不可。

1984 年秋日补题。

题《铁拐李卖葫芦图》

这个葫芦实在好，

饮酒不醉，吃饭能饱。

我虽已脱胎换骨，

它未曾变化为瓢。

真个是货真价实，

誉满全球，宝中之宝。

待我混个铁饭碗儿，

算它与我机缘了。

洗清净了着意雕，

镂个蝈蝈笼儿听鸣叫。

贴几片翡翠，

镶几粒珍珠，

嵌几块玛瑙。

标个高高的价码儿，

出口转内销。

1985 年作《铁拐李卖葫芦图》，并题赠扬州诸同窗，以博一笑。

簪菊图

休认作解绶陶令，
也不是浩然山居；
非终南捷径，[1]
非放鹤之余。
绘来信笔，却能养疴。
更缀数语，题罢病除。

1986 年春日捡 1985 年未竟之作题。原只书："酒簪菊，膝摊书，气清虚，白发疏。"共十二字，盖画之内容也。

注 [1] 终南捷径：成语也，指唐卢藏用故事，隐于终南山，而求为召用作官。

题辛酉所绘太史公造像

评说帝王将相，纵横古往今来。
替人受刑实堪哀，读罢宏文再拜。
雄图霸业冠草，美人术士辩才。
最怜市缠绘无赖，一笔勾销付尘埃。

1990 年。

墨笔背立美人牵马滩头小横幅四题

（一）

裁出废画尾上纸，

信笔写出得秋声。

马是有名大宛马，

人却无名巾帼人。

不施胭脂点霜叶，

懒调焦墨挂枯藤。

近水远滩都从减，

怕隔重山易断魂。

1990 年落灯节 ①，漫得诗画于纸。

注 | ①落灯节，扬州风俗，以农历正月十八为落灯节，庚午正
　　　月十八为 1990 年 2 月 13 日。

（二）

只因画来顺手，

平添了多少闲愁。

敷不得颜色，

描不出蛾眉。

好端端喊哑了喉咙不回头。

一氅裹没了胖与瘦，

一鞯减却了锦团绣。

一笔勾掉了美与丑，

休要认真，权且稍候。

待树枝发了芽，

马儿下了驹，

再与小姐闲穷究。

1990 年春日戏题。

（三）

向何处归去，又何处而来。

际会风云一骑秋。

远山多梦，

近水多情。

待落尽霜叶，

犹记春芽绿透。

唤取熏风，吹苏万物。

标新立异，占他上流。

1990 年再题。

（四）

一卷许多年，

多年未见。

记得待渡碧云天，

滩头水澄清浅，

滴泪润红艳。

有诗题不得，

徘徊俯首念。

血色罗裙酒痕遍，

饮马掣双剑。

1998 年初冬展观又题。

题《傣家女》

（四）

那年头画侬少有，
调胭脂背里如偷。
藏来一十六春秋，
铺开挥毫题够。

认衣裙，织锦堆绣。
辨眉眼，豪中透秀。
傣家女儿最风流，
况是二八豆蔻。

1991 年题 1973 年所绘《傣家女》，时隔十六年也。

红衣回眸仕女

不画此格三十春，
画来犹不笔墨生。
再过三十年后画，
依然绝色画中人。

1991 年所作《第一佳人》，已裱，当留中不发。

题《宫女》

执纨宫阶上，含情阿睹中。
春花簪高髻，绢薄舞熏风。
明珠垂耳际，绣鞋出裙红。
低眉思旧事，浣纱村头东。

1991 年冬日。

题《熏香图》

炉香呛人袅袅高，
打坐哈欠实难熬。
佛祖有心来渡我，
每到关头功夫抛。
都说修行往生愿，
敲罢木鱼拍金铙。
且挨今生全吃素，
无奈之时借酒浇。

1979 年秋日画，1993 年春日题诗。

题《提炉侍女》小横幅

　　1994年岁末题旧作，画为1969年至1970年间作于扬州老宅之中，时因疏散居乡。

提炉走来一路香，
深宫曾经识君王。
若问今宵值何处，
未央殿右小厢房。

题《着色侍女》小立轴

髻儿半高人半老，
偏是心眼小，
一步当作两步跑，
笑不出声反哭了，
谁个递鲛绡。

1994 年冬题旧作以遣兴，画为 1976 年前后作。

雨中红伞

微雨忆江南，
梦断春残。
酒醇肴淡里，
不是嘴贪。

此画作于 1977 年，捡出题之于 1994 年。

题《海隅高僧图》

浪涌心潮识道高，
天涯海角曾到。
唱偈法鼓金铙抛，
钟磬香花缭绕。
滩头足迹待浪扫，
勺涛满钵取火烧。
鸥燕飞来，
泥牛蹈去，
云霓渺渺，
只换得，
暮暮朝朝。

1997 年冬至二月完废画并题。

题《白描湘妃》斗方

若不哭竹死，湘妃早已老。

九歌何以传，屈子不可考。

率笔草妍姝，居然颜色好。

落霞待秋风，洞庭波渺渺。

兰蕙香袭远，泽畔剩红蓼。

歌罢复起舞，遗韵落长岛。

1998 年春暖得此题之。

题《山头番僧图》斗方

1998 年春日，有客来自高廊步（斯里兰卡古称），应对之间颇涉教史，退读高僧传，感而题画。

多少西来释子，弘佛中土道场。

国分南北两朝，于兹法雨辉煌。

一时硕德云集，奔趋金陵洛阳。

史书记载不绝，圣迹拓跋萧梁。

洗尽六朝金粉，改制塞外胡装。

欲弭金戈铁马，禅机舌战唇枪。

伟业一朝成就，终创泱泱隋唐。

龙门奉先可证，华严护国中央。

又题：

西天有佛子，万里行向东。
一程止何处，敬对夕阳红。

1998 年。

题《达摩斗方》

我从西天来，还往西天去。

西天经已渺，只剩说经地。

圣迹何巍巍，半为时所摧。

大唐属东土，我来认初祖。

禅语入《坛经》，《坛经》禅意新。

另有得道处，嵩山怀少林。

袈裟拭旧壁，犹有泪痕深。

袈裟拭泪痕，多少新泪生。

1998 年岁除。

题斗方《墨笔人物》

野老坐荒丘，好景一望收。
苍茫吟烟雨，萧爽玩公侯。
落木无声静，西风解襟稠。
平生谁意足，天地容回流。

2000 年春日。

题斗方《墨笔山水人物》

一啸夕阳红不回，
再唤千声音转衰。
莫若西沉由它去，
光焰明朝赤日来。

2000 年春日晨兴。

题《达摩斗方》

我自西天来，十年曾面壁。

南朝板凳冷，北朝多风雪。

嵩山藏少林，栖止调一息。

谁知成蛇足，归宗派系立。

不意千百载，难免生口舌。

至今犹是非，佛陀早入寂。

2000 年 3 月为乃庆先生作达摩图并题此。

题山水画

题旧作山水屏幅

景是旧游，画为旧作。

几峰成河，波涛叠落。

啸若虎猿，阵阵心凿。

磐石砥流，万年所琢。

千笏朝天，君臣酬酢。

1986 年。

题欲废弃旧作山水

山是山中山，树是山中树。
浓淡墨写出，只欠山中路。
山是山外山，树是山外树。
若有上山人，自有上山路。

1990 年。

题旧作山水

夕阳已过黄昏时，
余晖映得见松枝。
只觉群峰先睡去，
白云与我唱和诗。

1991 年。

题墨石斗方

蹲草一石丑，
似猫亦似狗。
唤之仍颓然，
哄之仍不走。

1991 年。

题雪景山水

山外多少事，不到山中来。
草自年年绿，花自岁岁开。
雨前风满树，雪后白漫苔。
月窥涧底水，川流谁安排。

1991 年。

题画草原

千里曾驱大草原，牧歌声远过耳边。
天际乌云思晋帖，战地黄花着吟鞭。
夏日斜阳水草赤，春宵残月杨柳绵。
归来忆写征途见，绿袍红马舞蹁跹。

1992年夏日有境外之行，所过多草原，归来作画题之。

截裁旧作山水成幅

裁去半幅剩远峰，
添出丘坡五六松。
休计当初何年画，
题诗癸酉二月中。

1993 年。

题墨笔山水

铁铸江山，
银钩峰峦。
点点染染在其间，
全是那心怀烂漫。
论胸襟，天际银汉。
评笔墨，屋坏漏残。
风风雨雨懒登攀，
立定崖巅一看。

同幅另题：

近山远山，高攀低攀。
不是宋元，不是荆关。①

欲问来历，芒鞋蒲团。②

1993 年，已裱。

注 ① 宋元：指宋元两代山水画迹。荆关：为五代山水画宗师荆浩、关仝。

② 芒鞋：指千里登临。蒲团：谓修行领悟。

题旧作山水

好山好峰多好松，春去春来尽春风。
虽然累染色逾重，犹觉笔底墨未浓。
岫险齐插向天穹，干挺枝俏西复东。
忽忆故乡痴情种，满斟高歌入云龙。
韵若清波浑似梦，梦在巫山雾雨中。

1993 年春。

数题一幅旧作山水

（一）

狂歌长啸倒群峰，偏有雾雨演空蒙。

绿树低昂舞大风，飞瀑泻直山势雄。

淋漓走笔水墨浓，神惊鬼骇技雕虫。

千韵难表赋所钟，凿石刻岩岫欲崩。

忽地涌出七彩虹，暧疐霁色绣苍穹。

化出凌霄一青龙。

1993 年春日题旧作。

（二）

无语凭栏，有心酌简，忍将佳作付等闲。

权向江头解缆，风风雨雨冷暖间。

唤天际征鸿，邀身畔倩友，痛饮黄汤老白干。

山亦醉颓，树也红灿，回首往事泪怎干？

谁来揾我，抽抽泣泣，霜发霞颜。

1993 年春，秉烛题之于停电之夜。

（三）

拍劈了檀板，大江何曾东去？

携侣归来渡，几回风和雨。

雾中最可取，眼前老树，听得咿呀橹。

（四）

似风雨乍来，雷滚渐进，

幸有山隔，算未被惊吓，

别样心绪几回肠。

若蛰龙始动，鳞灿趋显，

但无云拥，数已闻呼啸，

一种肝胆照天苍。

以上四题于一幅，尾题不意似联。

题旧作

两松依峰久，
青翠赖墨鲜。
孤标出幽谷，
无语尽参天。

1995 年题。此画作于 1966 年，已三十春秋，即松苗亦
能挺秀矣。

题山水

（一）

一峰非孤峙，也在白云中。
下有江河水，故绕西复东。
泉漱涧中石，激越音秋蛩。
满山翠色艳，不雨亦空蒙。

1997 年春。

（二）

万点画深山，
峰在缥缈间。
守意心可静，
白云不得闲。

1998 年春日。

（三）

不怕倒退三百年，
画来都是古圣贤。
此中能辨明清法，
再往上追唐宋元。

1998 年春。

仿古山水

拔出云海外，
方便数好峰。
可心两三座，
犹在朦胧中。

1998 年恙中作山水。

题池树舟子图斗方

记得岸畔秋风疾，
吹落满江红霜叶。
已系扁舟图晚歇，
休惜力，
且眺落霞明与灭。
好景待明朝，
趁势弄大潮。
千里波涛阔，
再撑十万篙。

1998 年。

墨笔秋林落叶

杂树映朝霞，
落叶择风斜。
飘零也着意，
为缀草上花。

1998 年冬日。

题乱石假山图

真石堆假山，积真反成假。
有时具真心，多遭世人骂。
累石如累卵，处身若攀崖。
高处最小心，低处难潇洒。
画此一堆石，说了一堆话。
应是字字真，还是句句假。

1999 年。

题山水

多少峰争出天外，
可惜画只一尺高。
老夫笔底自有数，
淡墨痕无意自豪。

2000 年春日。

题斗方山水

名山有人画，我画无名山。
山不因名好，名高多登攀。
崖畔生寸草，春秋不得闲。
深处看云起，墺中听潺湲。
晓日花自绽，雨霁虹自弯。
峰多景自远，苔多石自斑。
再题无处写，有名无名间。

2001 年春节开笔。

此题曾缩成四句：

名山有人画，

我画无名山。
画成仔细看，
有名无名间。

题山水

无求山水山求我，
画出峰头高出云。
告汝入云势虽好，
已出纸外无丹青。

2002 年。

题墨笔京郊山水图

不怕点子多，就怕点不密。
京郊好山水，石上忆万叶。
春来绿千峰，霜重峰峰血。
前日山中归，已见洒红屑。
调墨记快游，未做胭脂设。

2005 年秋题，此画系风景区检查归来所作。

题斗方疏林二马图

疏林掩落日，
夕照送晚钟。
警人天地响，
混沌万般空。

2006 年。

题花卉画

题斗方柏树

拈毫树一柏，荫浓全赖墨。
势欹风所侵，枝干尽屈曲。
根深探石罅，新叶翠还绿。

1975 年。

题竹

墨迹成竹影，浓淡浊复清。
笔迹成竹影，刚柔重或轻。
无墨笔难显，无笔墨无形。
笔墨两俱传千古，千古笔墨何处寻。

题旧作。

雨姿月影浑无痕，一色清晖淡黄昏。
只输梅花香几缕，岂让苍虬翠十分。
节节冲霄节节劲，叶叶临风叶叶声。
画毕题罢兴未已，玉蟾升向最高层。

1986 年，画竹赠人。

题竹

隔天一片竹，
萧萧听晚风。
归林投宿鸟，
高枝夕阳红。

1998 年。

晨起一幅竹，豪情东方白。
人宿墨亦宿，洗中水渐浊。
喜得竹之魂，兼得竹之魄。
题罢东窗外，似焰朝日旭。

1998 年腊月。

入画四五竿，
翠叶两三丛。
摇曳若沉吟，
透月又透风。

1998 年。

石根新篁茂，
抽高尚须年。
好事着意护，
自有翠拂天。

2000 年。

题墨梅

无月有影，
无色有香。
无人有情，
无声有腔。

1975 年春日。

喜画梅花老不知，
留有空处惯题诗。
因写文章有余墨，
且就文笔描劲枝。

1999 年腊月。

已是黄昏开犹盛，
一任风雨漫交加。
数尽芳丛谁得似，
未有香馨过梅花。

2001 年春正。

题梅

醉腕写花花亦醉，
枝干歪斜树欲颓。
几行题句顶扶住，
赪然满幅曲香飞。

扎地根，干霄枝。
沁脾香，呕心诗。
已画梅花千万本，
都是梅花画我时。

1993 年。

题梅花

画花是假画香真，
画出梅枝著芳芬。
冬来入梦春光好，
画花也是种花人。

1993 年新正。

托根在何处，
花枝竞参天。
干霄香最好，
撩醒姮娥眠。

1993 年春正。

迷雪花羞去，
伴月蕊有香。
顾影三春后，
梅子渐笼黄。

1998 年冬日。

醉题梅花斗方

此幅醉中写，酣畅复淋漓。
醒来题诗句，下笔复生疑。
梅花集千幅，墨色独称奇。
无酒丹青浊，饮后勃生机。
应知诗酒画，三物最相宜。

2005 年。

花色亦近墨，
香菲亦馥郁。
明年再著花，
枝头翻新曲。

2007 年。

梅亦嗜酒共我醉，

花开枝头尽红碎。

唤他百遍犹浓睡，

我亦累，

席散记得肴酥脆。

2007 年。

纸上就丹砂，梅花本仙种。

红香摇芳姿，绽放风雪拥。

军旅能止渴，文苑高士宠，

悬岩垂俏枝，美人怀内捧。

大地春回日，独秀原上竦。

2007 年。

君不知，吾画梅花未从师。

垂髫胭脂试素纸，长者夸肖梅花枝。

稍长辄欲作梅干，似枣似柳难似之。

中年敢为巨幅制，对壁挥毫咏梅诗。

老来喜为墨梅小，斗方圈点蕊千丝。

岁近古稀爱红梅，冬来小盆植护持。

自有香沁勾莞尔，百幅积来具千姿。

2007 年岁晚。

聊备一格秀，

率笔画老枝。

梅花真吾友，

相识又相知。

2008 年。

花好数日红，

况是值隆冬。

只报春消息，

无意借东风。

2008 年。

题芍药忆故乡风情

花落江南雨，
莳葩若种田。
最是曙初霁，
叫卖小街前。

2000 年。

题芍药花六首

花淡因雨好，
叶重赖风扶。
闲来画芍药，
两朵似相呼。

江南开花早，
北国吐色迟。
避却牡丹傲，
芳馨羞同时。

花丽春雨后，
香溢晓风中。
自有动人处，
不与牡丹同。

春花重芍药，
泼墨写未工。
犹记故园赏，
两朵雨中红。

初画芍药不谙叶，
似草似竹难识别。
而今写来笔已悉，
出手花又不如叶。

浓入翠微香两朵，
莫辨红紫墨芳菲。
画到随心应手处，
落笔自有晓风催。

2004 年。

题画外篇

篇术画题

小窗

深绿映浅绿，
芭蕉杂紫竹。
蜻蜓不识花，
从窗入我屋。

1955 年 8 月。

乡情四首

（一）

桥作弓，
水做弦，
竹篙儿似箭，
把船射远。

（二）

两根山的曲线，
一个落日的半圆，
数点归鸦一阵，
几圈缕缕炊烟。

（三）

菜花儿真黄，

那一定是黄金开放，

我想那落花时节，

田野里会叮叮当当。

（四）

窗外飘雪，

像家乡的杨花，

我呵化墨水，

又给你写信。

你读信的时候，

定倚着那窗台。

那窗台上的小瓶里，

定插着一枝杏花。

1957 年春。

赴炳灵寺石窟实习途中口号两首

（一）

山花不知名，乌蝶傍岩飞。
车绕峰中路，今朝得迂回。

按：自兰州至临夏，车多盘行于山道中。

（二）

卅里河边路，涛声带雨行。
隔岸峨像在，匍伏拜先民。

1963 年。

按：时脚气感染，跨马而行，颇增豪兴，抵黄河渡口，隔岸已见倚山大佛，待羊皮筏得句。

白马寺二首

1963年9月赴洛阳龙门石窟实习逾十日，其间通一法师领往白马寺考察，寺内有古清凉台遗址。住持和尚留晚斋并宿于方丈室中。

（一）

夕阳西下清凉台，

殷勤上人苦留斋。

一钵园蔬廊下共，

耕罢老牛自归来。

（二）

寺古夜阑不闻鸡，

禅房一宿方外栖。

滴答时钟声入梦，

驮经归来散马蹄。

1963 年 9 月。

无题

高髻胡妆踏歌台，
几瓣红英贴两腮。
未及撑舟桥下过，
夜梦拈花含泪来。

此诗无题，末两句得于1963年实习时于西安至洛阳卧
铺梦中，梦中言梦尤怪；1986年冬日促成前两句。或感于盛
唐风物于长安，而有梦中之句。醒过灞桥，复有以下四句。

车辞长安晓雾开，
灞桥天外柳徘徊。
人怨别离枝怨采，
恨移银河岸边栽。

即事题画四幅

灯影白发成青丝，
衰年夜读忆儿时。
平生只贪书香好，
却被万卷染霜滋。

1989 年春日题画。

于役名园久，
闲来画梅花。
落笔多醉意，
调墨误蘸茶。

1989 年春。

昨日发烧今朝退，
搜出一幅未题梅。
着意枝干多壮实，
花繁助我酒三杯。

2005 年冬日。

今日会两场，
帮闲又帮忙。
归来画我画，
有色又有香。

2005 年 11 月 8 日。

画得待萌乱枝三首

（一）

画征帆，送别江头。
写归鸦，村边醉酒。
添个圆月儿最风流，
倒影儿满池碧透。

听树梢，微风过后。
看枝干，冻雨初收。
新芽嫩叶来年抽，
且将这根本儿描就。

1990 年夏日。

（二）

经风雨，干挺枝柔。
著笔墨，醒酒解愁。
春花秋月最风流，
任霜欺雪侮更秀。

舞云霄，鹰栖鹤就。
立峰头，猿攀鹫宿。
空谷何惧唱樵歌，
凭换取摧枯拉朽。

1991 年又题。

（三）

应是三度花过后，
满幅儿俏静清秀。
风来随风活，
风定枝干凑。
若叫鸡鸣黄昏听更漏，
数星星全在梢头。

1993 年春日。

苏州街宫市复建开放一周年

吴越动乡情，
宫市演古今。
一百三十载，
劫灰复园亭。
松柏犹旧植，
新竹尽返青。
橹摇散波影，
黄醇夹绿茗。
柔弦和软语，
隔水漾好音。
列肆招幌备，
枋楔字号明。
街随石岸曲，
桥多姿娉婷。

1991 年 10 月。

挽花鸟画大家田世光教授^①

稻畴花露重，
柳浪鸟声幽。

注 ① 田公世居昆明湖畔之六郎庄，环宅稻田千亩，绿柳成
行。画作题署，习用柳浪庄名之。公逝世于 1999 年，
值稻花垂露之季。

记事

初春置银杏盆景于窗外，顶叶日灼枯槁犹不落，咏之。

上叶荫下叶，
下叶青且碧。
上叶或枯槁，
荫荫犹不息。

2000 年 6 月。

午餐食蟹于其壳中翻出法海坐像二首^①

（一）

蟹腹能藏真佛子，一个头陀随横行。

膻腥惯臭邻龙宅，海潮江涛隐此身。

（二）

雕来难似天生成，齿颊搜出一高僧。

居然禅椅结跏座，棒喝警醒醉中人。

2001 年 12 月 31 日。

注 ①乡俗，食蟹时以两螯双爪拼成蝴蝶，以壳内软骨翻出
法海坐像。传说水漫金山时，法海遁入蟹腹避难。形
显端坐禅椅上，眉目可见，椅背扶手亦宛如规制。

壬午春日整理旧作山水得句

画峰如画饼，画成不能游。

不是为充饥，恰是意识流。

下笔思黄岳，落墨成不周。[1]

山势平中险，肃穆静荒丘。

草舞疑地动，树昂声啾啾。

云涌龙虎潜，枉劳神鬼搜。

霜雪何由降，雷电或解愁。

樵子在深谷，断续随风歌。

幅略计大小，气足与天俦。

午年驭驷马，踏遍万峰头。

2002 年 1 月 4 日。

注 | ① 不周：古代传说中山名，共工所触之者。

笋箴

一支笋，抽棵竹。笋半尺，竹丈六。

未出土，先遭剐。披鳞甲，龙之属。

色赭金，蓄青绿。味香鲜，烹与肉。

食居议，兼而足。令摩天，春雷促。

节直伸，枝叶簇。半亩荫，覆茅屋。

雀曚眼，飞来宿。展凤尾，冠羽族。

岩上兰，篱边菊。溪畔水，梅花曲。

四君子，耳最熟。日月明，风雨沐。

露重垂，雪盖伏。入画图，成巨幅。

才子吟，佳人哭。揭竿义，书简牍。

文武备，史乘独。惜做羹，齿颊福。

2002 年春日，早市购笋归来，有感而作。

咏书斋盆植波士顿椰子

　　友人赠波士顿椰子一盆，置门厅多日。今移于书房，可见阳光，落定有诗。

叶似竹，干有节。
绿婆娑，翠欲泄。
小风来，声窸窣。
立书斋，身自洁。
文思涌，书不竭。
诗兴会，辙韵切。
画入神，披雨雪。
夕照红，染如血。
月窥窗，影轻曳。
插素瓶，枝可撷。
刚柔备，哲理协。
待春归，绘耄耋。

2002 年 2 月 9 日午成。

读书谣

日日有新知，不在多与少。
大到一国情，小到一种草。
开卷喜目成，掩卷会心晓。
释卷心释然，提笔正旧稿。
读书非易事，我已读到老。
既无先生督，亦无春秋考。
再读三十年，成绩自更好。

2002 年 7 月。

兔儿自白^①

虎引龙随

月精日配^②

桂荫宫阙

丹墀药碓

偶忆人间

停杵偷窥

天地繁星

钩我心醉

今来古往

多少是非

一觉成名

火了乌龟^③

守株心歹^④

光阴白费

声狁三窟⑤

居安思危

鹰犬算我

岂止万回

耳长闻风

脱去如飞⑥

自省小疵

讹传天坠⑦

取食有道

窝边草肥⑧

笼中饲饵

狮豹同归⑨

醉写嚇蛮⑩

出吾毫锥

略施皮毛

朝野扬威

狐作多情

何来伤悲⑪

君其有臭

羞为尔类

洁身自好

琢玉雕翡

两只红眼

从不送媚

休管群小

言闲语碎

扑朔迷离⑫

雌雄佳对

迹布星球⑬

芳名不废

轮时值卯

喜迎朝晖⑭

2002年夏日应甘肃天水陈冠英之请而作，彼研究生肖文化，遍邀名人属相对应者为十二生肖铭文、诗文。书写供其展室陈列，兔铭委余乃胡继高先生所荐，余生于己卯年。

注 ①兔：兔（卯）处生肖中虎（寅）之后，龙（辰）之前。

②月精：指白兔。唐，权德舆《中书门下贺河阳获白兔表》："唯此瑞兽是称月精。"月中之兔常与日中之乌并列。

③句出"龟兔赛跑"寓言。

④ 句出"守株待兔"成语，原见《韩非子·五蠹》。

⑤ 声狡三窟：原见《战国策·齐策四》"狡兔有三窟，仅得免其死耳。"

⑥ 脱去如飞：古谓脱逃之兔为"脱兔"《孙子·九地》："是故，始如处女，敌人开户；后如脱兔，敌不及拒。"唐陆龟蒙《杂讽》诗之三："攻如饿鸱叫，势如脱兔急"。故有鹰犬算我，脱去如飞之句。

⑦ 讹传天坠：出自寓言。兔子胆小，叶落惊呼天坠，惊动山林。

⑧ 句出谚语"兔儿不食窝边草"，故窝边草长而肥美。

⑨ 同归：常将兔儿作活饲饵，置放狮豹笼中，故有"同归"之讽。

⑩ 句出李白醉草嚇蛮书的故事。李白所用之笔为"兔颖"，即兔毫。见《警世通言》之《李谪仙醉草嚇蛮书》篇。

⑪ 句出成语"兔死狐悲"。元马钰《苏幕遮·看送孝》词："有微言，深可说，兔死狐悲伤类生凄切。"

⑫ 句出北朝乐府《木兰辞》："雄兔脚扑朔，雌兔眼迷离，双兔傍地走，安能辨我是雄雌。"

⑬ 迹布星球：谓之不但地球，其月球亦驻。

⑭ 卯时为晨五时至七时之间的 120 分钟，正是太阳升起的时候。

灌枇杷盆苗得句

一把枇杷核，种于小盆中。
时未过半月，居然个个萌。
今已高近尺，叶舒绿意浓。
知汝不耐冻，北地惧隆冬。
且留盆中育，得便携江东。

2002 年 10 月 4 日午后。

瞻赏青州龙兴寺出土石佛像画册

改写雕塑史，青州礼世尊。

刻削容仪好，悲愿足传神。

祇支存彩绘，丹砂裹金身。①

减地源汉画，剔凿集大成。

雄哉云冈窟，庄严丽龙门。

魏齐风范在，龙兴鼎三分。

一千五百载，振聋金石声。

2002 年 11 月 4 日。

注 ① 祇支：指披肩僧衣。

纪事咏金莲花歌

今春有疫，常饮金莲花茶。忆 1985 年，因参加承德避暑山庄之规划会议，曾驱车灞上，始见金莲花之生态，曾撷取数朵，贮于易拉罐中，返京呈览家父，并承述及吾高祖静亭公以此花之药效广惠扬州咽喉患者，影响所及，大江南北药肆均备是品，因开北花南用之先河。案头一杯，触目有感，因成歌篇。

因赴热河会，围场始结缘。
芳菲惊灞上，一片金灿然。
刻琢匠心巧，瓣重蕊丝纤。
舞风势出水，亭亭卓高原。
露凝疑雨过，秀色近接天。
苑中移不得，映日号金莲。①
画稿无人绘，本草著千言。

儿时知为药，服用养天年。

沸汤一杯满，汁若熔金涟。

芳香透齿颊，代茶最利咽。

吾祖广奇效，传布大江边。

2003 年 4 月 22 日。

注 ① 苑中移不得，映日号金莲：承德避暑山庄内，康熙
　　三十六景，有"金莲映日"一景，然移栽屡试不能成活，
　　以金盏菊代替成景。

龙筝行

1981 年 3 月 1 日，退休老工人刘汇仁，以 148 节龙筝，参加颐和园冰上风筝演放会，晚报连日预告，参观者数以万计，一时轰动，因赋以纪盛。

昆明池畔长桥东，时逢春回冰初融。
南鹞北鸢喜赴会，万人翘首瞩长空。
白发童心风筝刘，抱匣藏龙下桥头。
匣启龙出众心欢，但见蛰龙手中蟠。
一字展开逾十丈，十人托举立冰上。
龙首系定一线牵，趁风撒手腾向天。
离地百尺恨未高，放线千寻入云霄。
鳞甲映日色飞金，彩练当空舞初晴。
伸若驰箭屈若弓，首尾顾盼意恢宏。
翻下势欲沧海去，喜惊跃起摩苍穹。

欢呼声震裂春冰，心随龙游到天巡。

龙腾人欢兴不已，多少鹞鸢伴龙起。

众里何处风筝刘，返老还童东风里。

此作于冰上风筝演放会之翌日，原稿早失。检旧物，得零星记有断句之纸，复整理成篇，应与原作无别。"非典"期间，放飞风筝者多，每见龙筝即忆此举。然未有如此之长大者！

2003 年 6 月 26 日。

得小印，咏其钮

小印钮不俗，似麈又似犊。①
寿山米汤冻，形色类凉粥。②
高宽及半寸，乖巧蜷身伏。
两眼最有神，双耳警觳觫。
颔搁前蹄静，尾盘婆娑腹。
窥伺豺狼出，嗖然腾四足。
石嶙草木深，极目荒原绿。

2003 年 9 月 15 日。

注 ① 麈：幼獐。
② 米汤冻：印石品名，状若米汤冷凝通透。

红烧肉赞

不奢不吝，不盛不简。
不肥不瘦，不淡不咸。
五花选优，皮薄膘宽。
调料普通，能配能单。
佐饮解酲，伴食下饭。
色亮悦目，喷香解馋。
味浓诱欲，入口助谈。
传最补脑，新说美颜。
领袖自犒，袍泽风餐。
大碗满堆，乡跃村欢。
熊掌难熟，猪肋易烂。
红焖一锅，黄酒满坛。
聚会钱别，饱腹醉酣。
乐此不疲，特为述赞。

2004 年 2 月 16 日。

咏兰

有香即佳妙，何必重金求。

花开六七日，叶劲驻春秋。

树下山林意，阴晴任天由。

隙照日月淡，滋润雨露稠。

和风薰摇曳，狂飙到根收。

星朗芳睡去，曙色动馨浮。

或爱人间好，雕盆供高楼。

骚客矜自喻，落魄相对愁。

回归自然去，泉石发轻讴。

2004 年 2 月 25 日。

诗成见郑板桥题《破盆兰花》诗："春雨春风洗妙颜，一辞琼岛到人间。而今究竟无知己，打破乌盆更入山。"

又咏书斋盆植波士顿椰子

叶舒真似羽，展翅向南窗。

透影知满月，生性喜朝阳。

竿直绿有节，果熟红不霜。

釉盆径一尺，书斋共琳琅。

2004 年 4 月 20 日晨兴。

晚瞻南禅寺

2004年5月23日出五台山归途瞻南禅寺，天色已晚记事。

急驱南禅日已斜，近寺尘扬失前车。
星月在天演梵境，殿外唯见翼角丫。
上堂无明难有见，赖持手电睹芳华。
我佛矜持抬法眼，弟子两厢静无哗。
似有衣带声窸窣，启门风入动轻纱。
引象牵狮步欲移，璎珞半露披袈裟。
唯羡天王兜鍪具，夜不解甲护释迦。
一现虽未闻说法，盛唐风物丽无涯。

南禅寺为唐建中三年（公元782）所造，去大历仅数载，洵盛唐之风貌也。

甲申四月谒碧山寺怀能海上师

续缘晋谒碧山寺，犹记开示画佛禅。
入门云板聚僧众，出世金声到台巅。
老衲踽踽循鱼贯，香客芸芸伏狮前。
悲愿应证殿相好，上师回头喜庄严。

四十二年前曾谒能海上师于北京广济寺，并获开示画佛缘法。记之凿凿。今年赴五台山，为申遗事，谒碧山寺，与方丈妙江法师于客堂中说此因缘，承赐杂志内载能海上师传，归来读竟有感而成。

2004 年 4 月 25 日晨。

种梧桐籽得苗歌

秋深梧桐叶初凋，籽荚乘风着意飘。
拣取路边圆正粒，纸裹封存两字标。
已蓄三冬匣中贮，今春试种浅盆浇。
居然节候滋萌动，出土半屈壳未销。
破芽十日株皆立，寸余青茎顶叶娇。
始见嫩红羞拳拳，舒展能觉滴雨敲。
期移大盆成小景，疏荫筛透月影昭。
本应中庭举翠盖，相酬丛竹谐管箫。
八音木属数檀板，未计琴身重尾焦。
勾丝韵哑赖以振，落雁平沙澈云霄。
高山流水谊千古，问答山川辨渔樵。
更有琵琶抡纤指，英雄解甲偎红绡。
案头一盆梧桐小，何来非非涌诗潮。

引凤栖凰流世俗，托地生根齐天高。

绿翳半亩清凉境，映窗入室暑意消。

不许乐工选材斫，茂叶临风听萧萧。

2004 年 7 月 18—19 日。

五台山之顶得石铭

清凉山里，北台之巅。
五寸之石，寿亿万年。
非凿非斫，脱落自然。
底平肩削，虚实坤乾。
色靠红赪，形似醉仙。
灌顶醍醐，饱蕴香烟。
褶皱律韵，斧劈钢坚。
体微势宏，气吞大千。
生成百仞，俯我赤县。
一呼谷应，声达于天。
置之案头，如握如拳。
警似处世，刚柔两全。
铭罢摩挲，巧手待镌。

2004 年 8 月 8 日。

瘗蝈蝈

葬尔共秋声，
应忆绕梁魂。
土穴三寸浅，
春归化芳芬。

2004 年 9 月 3 日。

纺织娘

忽如风来雨交加，
势雄破竹过琵琶。
卸甲归田瓜豆美，
夜来映月纺棉纱。

2004 年 9 月 7 日。

秋畜鸣虫数种夜鸣交加

此起彼伏聆秋虫，
妒谗泣诉嫉如风。
草生不是无情物，
鸣叫声声各有衷。

2004 年 9 月 10 日。

重到天龙山石窟

1962年，余习业中国佛学院研究生部，参加北京大学阎文儒教授之石窟调查组实习，首赴天龙山石窟，同行者有通一法师，北京大学研究生王仁波，中国摄影家协会曹必慧先生等。今年6月，应建设部之召，参加五台山申报世界文化遗产文本之起草，数赴太原。会间，重上天龙山，有意成诗而归来久未完稿，每续每辍，今日微恙，不克外出。促成此篇，然未免伤感。

四十二年真弹指，驱车迂回上天龙。
犹记登临凭两足，路边石隙草茸茸。
渴尝山间漫路水，止息圣寿蟠龙松。
遥瞻岩窟凌天半，关庙周仓面峥嵘。
导师北大忆阎公，撷枝作杖指远峰。
上人通一时同窗，合影老僧伴晚钟。

闽中才子王仁波，好学不倦势正雄。

摄影前辈曹必慧，年近花甲步从容。

渺矣同行皆作古，独来旧地辨影踪。

刑天力士仍原貌，立地菩萨无缘逢。

大佛倚山添杰阁，攀梯面对悟恢宏。

群峰依旧白云好，后栽松柏倍葱茏。

主人殷勤奉绿茗，举杯当酒酹晴空。

2004 年 9 月 29 日录定稿。

移书册新置架上

新置架格于北屋门后空隙，七层，层可置书 50—80 册，小而能容，以《全上古三代秦汉三国六朝文》及唐宋以来笔记贮之，便检。

> 一架四千年，
> 帝箴尧典。
> 舌战唇枪百万言，
> 只字真知灼见。
> 判秦汉，
> 恢宏峰巅。
> 读唐宋，
> 丽质毫纤。
> 明清上溯辽金元，
> 终归华夏一线。

2004 年 12 月。

潘家园购得秤杆改制手杖歌

本是一杆秤，已失钩与权。①
星花遭磨没，挺直尚依然。②
改制成策杖，随侍在身边。
扶影晨昏步，助力左右肩。
持平心仍在，公正惧倚偏。
闲踱戥轻重，掂量非弄玄。
斤两明计较，失之尽毫纤。
鉴定晚清物，交易逾百年。
钧衡曾万试，鱼肉柴米盐。
买卖标商德，凭尔计价钱。
事我尚别论，伴赏夕阳天。
老来亦难苟，坦途若崖巅。
忘却判争执，避得闹市喧。

干戈化玉帛，吟筇足诗篇。

2005 年 4 月 4 日。

注 ① 钩：秤钩。权：秤砣。
② 星花：秤杆上的刻度。

买兰

爱花难付天价昂，
赏花乐事重平常。
地摊买得下山草，^①
不求名贵但求香。

2006 年 2 月 25 日。

注 | ① 下山草：山中剜得的兰草，又称生草。

买梅花记事

　　昨日早市得梅一本，俏枝可赏，惜过盛花期。仅将谢两朵尚留。归植于钧釉签筒方盆内，顿生画意，遂咏之。

买得梅一株，品种应不粗。
两朵花未谢，一蕾缀红珠。
新芽已萌绿，馨香嗅若无。
芳时过半月，嫩叶待春舒。
祖遗盆中植，清供入画图。
悉心为浇灌，来冬赏心娱。

2006 年 3 月 20 日。

梅兰同放有感

兰馥梅馨同一室，
书香墨香益芬芳。
每值春回思祖训，
栽花栽刺铭不忘。

2006 年清明前一日。

清明日咏书斋花事

书斋春来花满几，
梅在东窗兰在西。
月桂向阳绽金粟，
芳馨思与梅兰齐。

2006 年。

书斋梅兰同放有感而作

兰香似淡醇，嗅之使人醉。
梅香如浓醪，闻之使人粹。
好花各有司，会心皆有遂。
醉榜出世隐，粹标高士类。
色雅容亦雅，色媚颜亦媚。
休作名利想，植根土中渍。
金盆与玉盎，瓦缶畅所寄。
梅兰共书斋，馥郁不相避。
列厨书万卷，积习百年累。
苏辛忆沙场，醉酹英雄泪。
高岑歌塞上，豪情思揽辔。
文章千古颂，花草终有萎。
赏心皆乐事，馨芳永不坠。

2006 年清明后三日。

有感

（一）

与人谋难与虎易，
俗说人心隔肚皮。
虎心未若人心细，
山君活该列珍稀。

（二）

寸有所长尺有短，
石子能投不动磬。
低度甜酒醉难醒，
羽轻始得翱云端。

2006 年 4 月。

贺北海八百四十周年园庆

十四甲子溯渊源，喜逢丙戌焕地天。
皇城囿领世界最，琼岛景著紫垣前。
铜盘承露凝太液，白塔堆云瞩大千。
碧波红莲拥积翠，荡歌双桨谱新篇。

2006 年 4 月。

惜纸歌

会议材料多为 A4 纸打印，几页或几十页，背面皆白洁如新，会过即无用，因以背面写作有感成歌。

惜用背面纸，落笔成千言。
挺洁真 A4，小处都是禅。
祖师成面壁，我修背面笺。
一咏山水壮，再咏月在天。
林茂鸟兽宿，溪水共潺潺。
树木尤足惜，堪遭砍伐怜。
溶浆未免水，成型耗电千。
漂洗另有剂，兑酌历科研。
污染及池鱼，贻害到湖泉。
愚盲倚能耗，智者崇天然。

片纸虽可略，不比流通钱。

钱惜万人手，纸弃见不鲜。

惜纸成大德，何必拜神仙。

2006 年 4 月 30 日。

志诗

四字风雅颂，淳朴似牵萝。

六朝浓中淡，月影薄婆娑。

三曹寓刚烈，言平实嵯峨。

盛唐无哲学，诗中禅语多。

词兴贯宋世，秾纤女儿歌。

程朱倡解析，句拗履坎坷。

曲起趋尖刻，敦厚尽消磨。

明季情慷慨，命运溺蹉跎。

清人集前美，悲鸣半醒酡。

古意尽于此，鼎新另置锅。

2006 年 5 月 20—23 日得句。

万里长滩

沿东海，史有万里长滩之标，今之大邑，似皆滩演而成，证之上海滩之名，信之。

万里长滩衍桑麻，
千城灯火耀万家。
此地应是中原土，
亘古江河下泥沙。

2006年6月12日，查阅历史地图有感，非地质地理之学也。

寄扬州老友韦金笙^①

老把盆盎作畹畦，绿肥红瘦品色稀。
询君故乡栽花土，仍否昔用军山泥。^②

2006 年 6 月 16 日。

注

① 韦金笙：扬州市园林局总工程师。

② 军山：在南通狼山之域，先祖培植盆花、盆景，皆用军山泥，尤以蒲草为最，必用新进。其色赭，其质松。先祖晚年邻友池干卿曾示我曰："唯此土子午返潮，最合花性。"

北京湾

近年参加旅游学会北京自然景观考察，颇见海隅遗迹。

若不退潮仍是海，

千年怎得主兴衰。

铁蹄长城关山月，

金戈黑水宫苑雷。

改朝浊尘弥六合，

再旦清晖遍九垓。

沧桑原非人间事，

际会风云一快哉。

2006 年 9 月 30 日晚得前半，诘旦完成并录。

黑釉陶盂歌

为器之小而精者，堪玩。况此粗俗，半纪随身，又不
合用，咏歌遣兴，备格。

购自摊头初入京，五分纸币易晶莹。
身及一寸口对折，腹却等高若鼓盈。
陶胚墨釉似乌金，膛满外挂披缎衾。
圈足迤上露胎色，浅绀微醉显内襟。
器小唇敛未堪饮，临池丞水滞烟云。
锥底曾植几茎草，翠色星星有香薰。
屈指已藏五十载，把握婆娑色如新。
咏题配置贮囊匣，情记来去一段因。

2006 年 11 月 9 日。

咏凤尾竹

客岁烟台携凤尾竹盆栽返京，今犹茂密，得句。

竹名称凤尾，羽叶复披离。
翠凝雨露滴，绿净日月滋。
竿摇蓬莱旧，根潜方壶思。
书斋盆影动，瀛洲飞来仪。

2006 年 12 月 9 日。

梅花四题

盆梅花小而香溢

花小色或逊，
香正不减馨。
盆窄天地阔，
气节足清宁。

2006 年 12 月 24 日。

咏骨红梅盆栽 ①

春归绿叶缀枝萌，
横斜探伸记临风。
花有谢时香有断，
根干不改骨里红。

2006 年 12 月 24 日。

① 骨红梅：属朱砂梅系，其根干截面自心向外晕紫红色。

盆梅入画

冬来小盆中，
梅蕾百点红。
枝上不均布，
聚散与画同。

2006 年 12 月 25 日。

梅令

送春迎春自我开，
骚人赢得作诗陪。
草木不知序先后，
趁待东风秀一回。

2007 年。

玄武湖

王安石曾以"空贮波涛"涸之为田。

波涛岂空贮，
鱼蒲利其间。
或缘一池碧，
龙虎踞江南。

2007 年 8 月 4 日。

李嘉乐先生逝世一周年座谈会感赋

渐红香山叶，晴秋卧佛庄。

李公去一载，老少济一堂。

继承与创新，缅怀故人芳。

黄帝陵上柏，拥碑树成行。

画论移造景，竹姿雨雪霜。

建瓴视野阔，涉猎百科详。

出言多独树，执着信不徨。

病榻锋犹健，侃侃园林昌。

我曾陪步履，聆教永难忘。

文集自千古，一瓣奉心香。

2007 年 10 月 9 日。

按：李嘉乐（1924—2006），中国风景园林界之耆宿。

心得之心得

孔子未卜出孟轲，孔子不识阿弥陀。

本为束脩以糊口，岂敢后世独尊儒。

若延孔子今作相，首访程朱问如何。

不得要领阻理气，唯唯诺诺之者乎。

重敲柴门周敦颐，掩扉递出太极图。

或荐盛名康南海，跪奉手写大同书。

先师先圣扶先世，后生小子叹不如。

半部论语治天下，一本心得噪儒姑。

2007 年 10 月。

咏蛉虫

昨购得蛉虫数种，今晨交鸣得句。

案头鸣虫闹，
晴窗荡秋声。
介子须弥小，
鼓翅若箫笙。

2007 年 10 月 19 日。

候鸟歌行

冬春窗外有鸟剥啄飞鸣，候鸟也。

何须金笼蓄，晴空小窗前。

剥啄声应节，掠影喜登先。

三寸不唯小，盈尺修尾绵。

呼名无忌讳，来者皆友贤。

羡尔惯高瞩，冬春一回迁。

果腹人遗榖，润舌溪涧泉。

不遑干支易，飞过新旧年。

游历若能记，情奢风雪篇。

羽色凤凰逊，独怜舞蹁跹。

饲尔一撮粟，鸣歌赛管弦。

2007 年 12 月 24 日。

纪念桑宝松先生八十诞辰

接扬州文化界举办桑宝松先生八十诞辰纪念会通知，余以腿疾，不克返乡，成小诗八首，未计工拙，以忆、以崇、以敬、以祭。不及成幅，誊草电传，聊表心香一瓣。

印星熠熠八十载，陨落江阳廿九春。[①]
讲席犹尊桑夫子，宗师门户掌刀人。

注 ① 江阳：即江阳县，隋置，治在今扬州市。

吾乡印学代辉煌，前有方竹后数桑。[①]
中推巨川六朝古，传承不失金粉芳。[②]

注 ① 方竹：指方竹丈人，即吴熙载。
　　② 巨川：名蔡济（1900—1974），宝松先生篆刻之导师。

元朱挺秀汉金文，大江南北一时闻。
海内名宿多倚重，书画夸钤宝松芬。

我少先生整十岁，先父长之十四龄。
两世忘年成佳话，据史论交作纪群。[1]

注 ① 论交作纪群：即"纪群交"，典出《三国志·魏志·陈群传》。

天宁门街文苑深，花木扶疏惜良辰。[1]
芭蕉荫浓临窗椅，伏案凑刀金石声。

注 ① 天宁门街：宝松先生世居于此。

熟读梦得《陋室铭》，何处草色入帘青。
每过君家文思涌，主人德艺曜双馨。

九巷馆驿记晨昏，二分明月傍楼升。[1]
老来居京时有梦，治印作画共一灯。

① 九巷馆驿：即珍园九巷招待所，壁画工作室设于此处楼上。晚夕先生治印，余改画稿，常于一灯之下。

乡情友情两不分，论史论诗兼论文。
湖上长堤春柳绿，俚句当哭祭君坟。

2008 年杏月末题。

按：桑宝松（1929—1979），扬州篆刻大家，尤擅元朱、汉金文。海内书画名家用印，多出其手。曾为家父及余治印达数十方。1974 年余返乡作鉴真纪念堂壁画，彼亦参与其事，期间过从甚密。

读考古简报有感

读《文物》杂志 2008 年 6 月号载《西安北周康业墓发掘简报》图文，歌以咏之。

> 粟特大天主，长安毕征途。[①]
> 遗蜕若初憩，世纪历十五。
> 石榻屏三面，周刻十幅图。
> 溪山水激石，垂柳迎风舞。
> 群峰如剑列，云飞鸟雁呼。
> 仕女擎花秀，簪鬟长裾襦。
> 攀枝回眸动，描绘到肌肤。
> 须眉峨冠带，供养捧伊蒲。
> 羽葆幡盖举，车马出行趋。
> 异域别风俗，覆额断发徒。
> 拥跪殿阶下，献奉角觥殊。

男女八十四，兽畜另七躯。

较之同时代，粉本规模无。

树端缀夹叶，勾皴自有摹。

传世多杰作，或谓后人敷。

公案诚难判，出土应勿虞。

引证丹青史，国宝信不蹰。

2008 年 7 月 14 日晨草。

注 | ① 粟特：中亚西亚古国亦称康居，址在今塔吉克、乌兹
别克境内。

咏史

和蕃不自王嫱始，
马上琵琶传昭君。
元帝不杀毛延寿，
大漠焉留一塚青。

2008 年 11 月 24 日。

读易中天《大话方言》

方言似方物，总带泥土芳。
不是江山阔，哪来南北腔。
音声犹可别，表意入乡邦。
何事不可说，妙语谐又庄。
口彩增风采，俚俗亦堂皇。

2008 年 11 月 27 日。

席有猪舌闲拍曲

你尝过千滋百味，
而今轮到我尝你。
口条过人三四倍，
见人无言对。
舌若如人巧，
早说得动物大同，
兽中称王，
鳄鱼无泪，
弱肉强食禅语废。
休揭短，
圈中污秽。
哼哼眠不止，
谁责弄是非。
出落得形象大使，

重金抛却赚愚昧，

腕款与尔成侪类。

一言九鼎有，

满天皆闲碎。

也学嚼红楼，

登坛拾牙慧。

咻咻喋喋窥私欲，

乱炖加乱配。

倒不如专司舔食咂滋味，

遇得佳酿博一醉。

切一盘下酒，

醉罢图半晌浓睡。

最恼人梦中又闻，

芳邻狗吠。

2008 年 12 月。

历史学的悲剧

　　有文章报道，商亡于青铜之铅，而唐之衰证于海南一石之尖端科技之化验，乃季风兴替。悲剧乎！喜剧乎！闹剧乎！

　　　　石辨衰唐铅亡商，
　　　　芥子须弥新发祥。
　　　　可爱神州错文脉，
　　　　怪怪奇奇皆华章。

　　　　　　　　2009 年 1 月 11 日得句。

红学之堕落

余在颐和园供职时，有电话询珍妃井，告以在故宫中。彼谓："《红楼梦》中之金钏跳井，即影射珍妃，因金钏之'钏'字拆写即为'珍'字。"悲夫！

红学不是口香糖，人人爱嚼舌芬芳。
张三吹个泡泡破，李四狠咬脸拉长。
吐在地上成恶迹，塑堆鼻尖土变洋。
手搓不圆再捏扁，十指拔丝难收场。
幸知此物禁吞咽，运气一啐贴东墙。

2009 年 1 月 13 日。

另有两首：

红楼纷纷闹红尘，拆字金钏作妃珍。

若教成书晚百载，贾母必是慈禧身。

说部自有社会根，何必张三李四身。

曹霑若取春秋体，直书可卿是何人。

有感

痛哭狂歌皆佳句，
痴汉癫僧并诗人。
一笑古来文章好，
屈指不多是闻臣。

2009 年 4 月。

潭柘寺

CCTV-4 以潭柘寺专题采访，因重读《潭柘山岫云寺志》时于序中见有"雨琢风雕"四字，因成一绝。

雨琢风雕山寺古，
芽抽花绽老树新。
叩塔辨铭礼禅宿，
碑碣纪年又一春。

2009 年 4 月。

酒中有感

历史太苛刻，
艺文略轻松。
不过万年事，
千回倡大同。

2009 年 4 月 11 日。

量化环境

二氧化碳论吨计，
花香亦可用斗量。
我画梅花逾千幅，
优化环境未白忙。

2009 年 12 月。

记事

诗或悲喜泪，
文当道义铭。
杯酒意未竟，
铺纸泼丹青。

2010 年 1 月 11 日。

午醉迎春曲

文章属时代，
才华在个人。
日月自运转，
天地共一春。

2010 年 1 月 31 日。

落齿

2010 年 2 月 2 日，午饭将毕，落一齿，序在下颌中分右三，疼痛已两年，活动时现，近日加剧。脱时无痛，亦未见血迹，似离龈有时。其助我饱腹近七十载，感其德，存贮于雕花木盒中，记之有诗。

齿落惊老至，不复称少年。
甘苦从来共，下颌一颗坚。
今朝脱口出，先我别馐鲜。
临筵当思汝，缺席或可怜。
顿悟真舍利，身外自在禅。
檀木盒供养，合十袅香烟。

2010 年 2 月 2 日。

春雪晨兴

雪未见霁犹飘洒，
紧紧松松继昏晨。
闻说隔邻观景出，
我却凭窗待日升。

2010 年 3 月 8 日，晨起大雪。

观《西安事变》电视剧

国变多悲壮，
波澜华清池。
江河淹日月，
兴亡足深思。

2010 年 3 月 10 日。

高陵争议记事

七十二疑塚，亘古唯一人。

高陵宣再现，即时起纷尘。

此波方有定，浪涌复新轮。

指鼻又指眼，冬去继侵春。

各辩是与非，诚信危机真。

阿瞒九泉乐，吾计果如神。

何必八九数，独圹搅昏晨。

奸雄诚乱世，千载惑岁奄。

2010 年春。

雨中赏梅

庚辰春寒，昨夜小雨，楼下红梅始放数朵。

夜雨催花发，
晓枝数点红。
顶笠近观去，
芳馨散空蒙。

2010 年 4 月 11 日。

书斋即事

简册成灾累此身，
小斋日日困书城。
几凳都作堆码用，
客来挪过现除尘。

2010 年 5 月 21 日。

日记

老来多忘事，日记补周详。

雅兴作诗画，俗事买葱姜。

打的赴论证，伏案构文章。

来客多俊彦，访谈涉土洋。

宾退或有录，张三李四王。

三言两语备，不在短与长。

积有十余册，五十万言强。

2011 年 5 月 11 日。

春节前送花即事

铃声脆入梦，电告送花来。

移时两客至，各捧梅兰栽。

兰香裹衣入，梅蕾红未开。

陋室芳已满，除夕待春回。

2012 年 2 月 10 日。

有感物质与非物质遗产

精神与物质，价值难分割。

秦砖抑汉瓦，朝年不能拆。

秦汉代更替，砖瓦土焙埴。

氢二氧一水，溪涧诗意活。

琴幽指勾弦，绘事心源帛。

弈棋枰一局，胜负白与黑。

心眼休要死，大千自空阔。

2012 年 12 月 11 日。

罗哲文先生周年祭

兆祥所中非祥兆，一面成诀隔幽明。

太液池轩聆高论，昆明画舫聚精英。

索道长城闻有泪，醉心杰阁岂无情。

斯人已去文物在，湖山常记罗工名。

2013 年为《罗哲文纪念文集》所作回忆文章，此诗赘于文后。首两句记与先生最后一面，为 2012 年于紫禁城兆祥所之会。

有感园博馆外销瓷展

中国瓷器畅外销，共与丝绸海路遥。

或定器型供颜料，期货纹样批量烧。

明清多绘园林景，青花彩釉亭榭描。

此风拂吹动欧亚，湖光山色艳天下。

解读人工重自然，西园亦崇东方化。

文化交流路路逢，讵料盘盏径也通。

海归登堂焕展室，巧手名窑记丰功。

添写一页园林史，磁上春秋证西东。

刊于《景观》2013 园博专辑。

喜赋中国园林博物馆室内三园

　　中国园林博物馆自筹建之始，即规划馆中仿建多座历史名园。经多次认证，确定室内园三座，为苏州畅园、扬州片石山房、广州余荫山房。三园各具风格特色，均由所在城市园林古建单位和匠师设计施工。"移天缩地"今已落成，花木扶疏，特各赋小诗，以纪盛举。

苏州畅园

畅园精小巧，姑苏娟秀姿。

留云山房奥，石桥曲清池。

亭榭照影澈，绕廊堪寻诗。

绿净春笋拔，花木炫俏枝。

近岸戏鳞动，拾级待月迟。

移景千里外，北国江南奇。

精雕细刻作，吴中高手施。

畅园为晚清苏州小型宅院之代表，曾经复建，此次仿建参考相关文献与老照片设计复原，突显其玲珑精致。"吴中高手施"句，借用乾隆谕旨，命选"吴中高手"堆叠长春园狮子林山石。

扬州片石山房

峭壁秀峤四百年，人间孤本园中鲜。
搜尽奇峰打草稿，我法司空营洞天。
岗峦迤逦五岳小，百仞之高起一拳。
画山叠石通妙谛，艺苑宗师一画禅。
景移寄啸山庄畔，馆辟楼台展秀川。
京华仿写开双境，倒影方池得月圆。

扬州片石山房为清初大画家石涛和尚所手叠，其主峰是有原物与记载相印证的唯一石涛假山作品，被誉为"人间孤本"。诗中"搜尽奇峰打草稿""我法""一画"皆引自石涛画题与画论。

广州余荫山房

一角岭南园中珍，深柳堂前方池澄。

隔景廊桥玲珑韵，镜影楚楚水似凝。

爆仗花荣房檐架，应节春放缭红绫。

清波漾碧菡苕挺，入室诗画风雅登。

双榆探空虬根脚，婉转蛟龙势飞升。

五色玻璃窗槅透，彩焕山石蟠青藤。

爆仗花为余荫山房主人所手植，已有 140 多年历史，蟠虬滋蔓，以棚架接出主厅深柳堂前檐，花时宛若红绫披覆，美不胜收。仿建时寻遍广州一带苗圃，得以神似这一名园名木风采。

2013 年 4 月。

喜读 2006 年 4 月《文物》兴教寺发现石槽线刻捣练图报告书后

喜见石槽线刻图，宋摹张萱画不孤。

砧声绝响来千古，韵在竹树花扶苏。

叠石峰峻小中大，禽鸟飞鸣似习雏。

锥髻长裙初唐式，纨扇轻纱人尤姝。

丝绸路遥足下始，束帛揉成香汗濡。

亭窗直棂阶有级，避日风雨歇响娱。

溪流漱石应杵节，朵放葵边老松枯。

蕉荫舒卷清凉境，阔叶偃盖挺宫梧。

地拔笋攒晴空指，应标春苑捣练图。

2013 年 4 月。

按：唐代园林，实物甚少，此画可证之园林史。2006

年4月9日记。

2010年，予参与中国园林博物馆筹建，力荐复制石槽陈列。今已现身第一展厅中。

正果法师诞辰一百周年礼赞

2013 年 12 月 12 日，为中国佛学院参加首都佛教界纪念正果法师一百周年座谈会而作，并于会上宣读。

缅怀吾师，正果和尚。

具菩萨心，显罗汉相。

精研内典，闻思三藏。

唯识宗传，名刹方丈。

参政弘教，月明星朗。

嘉惠僧俗，花雨济广。

益我良多，去来今往。

犹记谆谆，取法乎上。

合十顶礼，百年景仰。

有感

千载已往事可陈，
欲知时要赖新闻。
读史莫陷书中去，
休把古人作今人。

2014 年 1 月 25 日。

意园

扬州卢氏意园于 1919 年至 1944 年为外家程氏聚族所典居。今已列为大运河世界文化遗产地。2015 年 11 月返乡参加先父百年纪念活动，16 日应邀晚餐于此。

依稀七十载，儿时外婆家。
重到园池旧，犹记春秋花。
登楼梯盘曲，亭榭角槎枒。
照影话稚趣，白发漾晚霞。

2015 年 11 月 16 日。

缅怀先祖

　　1948 年（戊子）祖父蕉麓公 80 寿诞，请画师张迹泠、林雪岩合作《课孙图》，并亲题诗句，诫勉 10 岁的我"坚心勤读续书香"。越 70 载，值先祖诞辰 150 周年祭，适拙著《丹青吟草》付梓，特刊印此画，赘以小诗，恭作纪念。

八十课孙图，
祖训勤读书。
我今届耄耋，
感恩报遂初。
坚心家风续，
学业奋耘锄。

2018 年 6 月 25 日。

课孙图　1948 年

后　记

　　我作为耿刘同先生诗选《丹青吟草》一书的责任编辑，有幸成为本书的第一读者，得以先睹为快！

　　孔子说：教学相长。这句话，用在作者与编辑的关系上，也是恰当的。

　　比如在编辑这本《丹青吟草》的过程中，首先通过与作者的诗作交流，接着与作者进行面对面的沟通与交流，让作为晚辈的我，受益匪浅。

　　当我通读完《丹青吟草》全稿后，涌现在我心中的第一个感叹，就是：这么好的诗作，要是人人都能静下心来读一读、吟一吟的话，也就不枉费作者这一生的才华横溢与诗意盎然了！

　　我年轻时，也曾是一名狂热的文学爱好者。有道是："熟读唐诗三百篇，不会作诗也会吟。"诗读得多了，我自认为还是有一定的欣赏能力的。

　　关于诗，我不知文学理论家们是怎样定义的，但我有自己的理解与标准：其一，必须押韵；其二，要么悟理要么抒情。即：一首好诗，既要有韵味，又要有意味，二者均要给人以美的享受。否则，就不成为诗，只能算是长短句或格言警句。

关于"必须押韵"这一条，因为汉语言是非常丰富的，异音同义字不少，如果这一条都做不到，读起来不能朗朗上口，至少在我的心目中，有些所谓的现代诗，毫无韵味，是不能算诗的；关于"要么悟理要么抒情"这一条，完全是我个人的读诗体会与品诗标准，不求普适。

比如北宋文豪苏轼由黄州贬赴汝州任团练副使时经过九江，游览庐山时留下的记游诗《题西林壁》：

> 横看成岭侧成峰，远近高低各不同。
>
> 不识庐山真面目，只缘身在此山中。

这首诗的主旨重在悟理，可谓苏轼游览庐山后的感悟。开头两句"横看成岭侧成峰，远近高低各不同"，实写游山所见，描写庐山变化多姿的面貌，丘壑纵横、峰峦起伏，游人所处的位置不同，看到的景物也各不相同，概括而形象地写出了移步换形、千姿万态的庐山风景。从而自然地带出后两句"不识庐山真面目，只缘身在此山中"，即景说理，给人启迪——由于人们所处的地位不同，看问题的出发点不同，对客观事物的认识难免有一定的片面性；要认识事物的真相与全貌，必须超越狭小的视野，摆脱主观成见。

而同为描写庐山的唐代诗仙李白笔下的七言绝句《望庐山瀑布》，主旨则不在喻理，而在于抒情：

　　　　日照香炉生紫烟，遥看瀑布挂前川。

　　　　飞流直下三千尺，疑是银河落九天。

这首诗，活现出李白那种入乎其内，出乎其外，奇思纵横、气势恢宏似江河奔腾，有形有神、奔放空灵似云卷风清的豪放之情，让人欣赏到了自然美、率真美和无拘无束的自由美。

　　中国是诗的国度，古今绝妙好诗，不胜枚举，汗牛充栋。

　　比如初唐诗人张若虚的名作《春江花月夜》，就是兼具悟理与抒情的佳作，是我的最爱。全诗以月为主体，以江为场景，描绘了一幅幽美邈远、惝恍迷离的春江月夜图，抒写了游子思妇真挚动人的离情别绪以及富有哲理意味的人生感慨，表现了一种迥绝的宇宙意识，创造了一个深沉、寥廓、宁静的境界。全诗共三十六句，每四句一换韵，通篇融诗情、画意、哲理为一体，意境空明，想象奇特，语言自然隽永，韵律宛转悠扬，具有极高的审美价值，素有"孤篇盖全唐"之誉，被闻一多先生誉为："诗中的诗，顶峰上的顶峰。"（《宫体诗的自赎》）

　　还比如让我百读不厌的现代诗人戴望舒的成名作《雨巷》，则是纯粹抒情的佳作。诗人通过对狭窄阴沉的雨巷、在雨巷中徘徊的独行者以及那个"像丁香一样结着愁怨的姑娘"的描写，传达出了一种既迷惘感伤又有期待的情怀，给人一种既朦胧而又幽深、悠长的美感。

我之所以不厌其烦地说了以上这些我个人对诗的欣赏标准或品味，就是想告诉本书的读者，耿先生这本诗选中的每一首诗，都完全符合我个人对诗的品味标准；每一首诗，都让我有别样的感悟、收获与享受。

入选这本书的诗作，是耿先生精益求精地选出来的，不及他平生所创作的诗歌的十分之一。未入选的，未必就不是佳作，只是耿先生不愿示人罢了。其中，耿先生创作的大量题画诗作，听他说，都是在一边作画时一边自然奔涌出来的。有时候，画未成，诗已吟就。其他题材的诗作，也无不如此，都是有感而发，而非无病呻吟。所以，读耿先生的诗，有一种自然天成的美感，如行云流水，欣赏起来一点也不觉得"隔"。

比如《题欲废弃旧作山水》：

山是山中山，树是山中树。

浓淡墨写出，只欠山中路。

山是山外山，树是山外树。

若有上山人，自有上山路。

不仅让人联想到禅家"看山是山看水是水、看山不是山看水不是水、看山还是山看水还是水"的悟道三境界，还让画内画外的山水都奔来眼底，眼在画中，心在画外。尤其末句"若有上山人，自有上山路"，点明主旨，亮出诗眼，很有哲趣，让人马上联想到鲁迅作品《故乡》中的名句："希望是本无所谓有，无所谓无的。这正如地上的路：其实地上本没有路，走的人多了，也便成了路。"

类似妙趣天成、短小精悍的题画诗，信手拈来，俯拾皆是。

如《题旧作山水》：

夕阳已过黄昏时，
余晖映得见松枝。
只觉群峰先睡去，
白云与我唱和诗。

如《题雪景山水》：

山外多少事，不到山中来。
草自年年绿，花自岁岁开。
雨前风满树，雪后白漫苔。
月窥涧底水，川流谁安排。

如《题斗方山水》所缩成的四句诗：

名山有人画，

我画无名山。

画成仔细看，

有名无名间。

　　耿先生这本诗选，收入的诗歌创作的时间跨度较大，从 1955 年 8 月至 2018 年 6 月，长达 63 年，这也是本诗选的一个特点。63 年的岁月，相当于古代大多数诗人的整整一生了。

　　收入本诗选的创作时间较早的是一组《乡情四首》，是耿先生在北京读高中时写的，写于 1957 年春，发表于学校文学社团的油印小册《校园》上。读这四首小诗，清新自然，写景如画，抒情如花，你会惊叹当时只有 18 岁的耿先生，的确很有文学天赋。我想，这可能与耿先生出身书香门第的家学渊源是分不开的。

　　比如《乡情四首》的第一、二首：

（一）

桥作弓，

水做弦，

竹篙儿似箭，

把船射远。

（二）

两根山的曲线，

一个落日的半圆，

数点归鸦一阵，

几圈缕缕炊烟。

简直就是一幅幅用文字绘成的画，静中有动，比喻贴切，生动而形象。

收入本诗选的除了题画诗外，还有大量的纪事、怀人、感怀、咏物等方面的诗作，从中，可以领略到耿先生那颗多情善感的诗心，爱惜苍生、怜物惜人的善心，以及从容自在、超然洒脱的生活态度。

比如，写于 2005 年 11 月 8 日的一首即事题画小诗：

今日会两场，

帮闲又帮忙。

归来画我画，

有色又有香。

读来不禁令人莞尔一笑，让人感受到耿先生那忙里偷闲、自得其乐、从容超然的雅趣。

又比如写于 2002 年 7 月的《读书谣》：

日日有新知，不在多与少。

大到一国情，小到一种草。

开卷喜目成，掩卷会心晓。

释卷心释然，提笔正旧稿。

读书非易事，我已读到老。

既无先生督，亦无春秋考。

再读三十年，成绩自更好。

洋溢于诗中的那分轻松、喜悦、美妙的读书之乐，令人联想起晋宋之际文学家陶渊明创作的自传文《五柳先生传》所述："好读书，不求甚解；每有会意，便欣然忘食。"文中，陶渊明表明了其人生三大志趣，一是读书，二是饮酒，三是写文章。这三点，按我对耿先生的了解，若改为：一是读书，二是饮酒，三是吟诗绘画，就正好是耿先生的三大爱好。

耿先生在爱饮酒上，和古代诗人李白、陶渊明有一比，每天每餐必饮，每天都得饮酒半斤左右。他饮酒还有两个特点，一个是高度酒，每年都从酒厂订购几大箱 60 度的北京二锅头白酒；二个是别人饮酒吃菜多，他则是吃饭多，每餐总得吃两碗饭，而吃菜较少。可以说，热爱生活，是耿先生吟诗绘画的灵感源泉，而饮酒，就是激发他创作灵感的兴奋剂。比如，2018 年 6 月 16

日下午六点半，耿先生与我微信聊天，说起他刚刚晚餐时，一边饮酒，一边又吟成了一首小诗。我为之题为《晚餐小酌偶得》，气象宏大，收放自如：

> 纵横天下局，
> 雅俗笔底篇；
> 丹青势空阔，
> 尺幅绘无边。

不论是动物还是植物，它们的生死，都能引发耿先生的欢喜或悲伤。从《又咏书斋盆植波士顿椰子》《种梧桐籽得苗歌》《瘿蝈蝈》《纺织娘》《灌枇杷盆苗得句》《秋畜鸣虫数种夜鸣交加》《咏蛉虫》《候鸟歌行》等诗中，你能感受他对生命的无比热爱之情。下面引用其中两首短诗，可管窥其妙。

如：《灌枇杷盆苗得句》：

> 一把枇杷核，种于小盆中。
> 时未过半月，居然个个萌。
> 今已高近尺，叶舒绿意浓。
> 知汝不耐冻，北地惧隆冬。
> 且留盆中育，得便携江东。

如《秋畜鸣虫数种夜鸣交加》：

> 此起彼伏聆秋虫，妒谗泣诉嫉如风。
> 草生不是无情物，鸣叫声声各有衷。

而读《得小印，咏其钮》《五台山之顶得石铭》《潘家园购得秤杆改制手杖歌》《惜纸歌》《黑釉陶盂歌》等诗，则能感受到耿先生的爱物赏物惜物之情，普通的一块石头、一根旧秤杆、一张废纸等，都能引发耿先生的感慨与诗兴，不是性情中人，谁识其中品味与深意？

读完本诗选，我还有一个重要的感受就是：耿先生的诗，用字均很简单平易，初中生就能认识，但遣词造句，却别有风味，读来往往不同凡响。耿先生的这种语言表达能力与风格，是一种先天禀赋与后天锤炼、修养的结果，别具一格，学是学不来的，估计他也没法教别人。

收入这本诗选的所有诗歌，以五言、七言居多，但都没标明其词牌或曲牌名称。这与耿先生的性格、喜好也是一致的，他平生最喜天马行空、信马由缰、自由不拘，既不愿受诗词格律的约束，也不愿受汉语语法修辞的约束。他说，很欣赏启功先生的"诗句难从语法求"，主张以叙事去抒情，以抒情去叙事。

看耿先生的简历，只知他幼承家学，从小就酷爱中国古典文学与绘画。1956年读高中时，随父亲晋京工作而转学北京。后受到赵朴初先生的赏识，1961年被荐入中国佛学院研究生部专攻佛教艺术，其间曾于中央美术学院国画系进修。1968年进入颐和园从事美工、研究园史开始，便与中国园林结下了不解之缘：1983年开始担任颐和园副园长，总工程师。1993年兼任北京市园林局副总工程师，直干到2001年退休。作为中国的著名园林专家，退休后，仍在中国园林领域奔忙着，比如担任北京市户外广告设置、夜景照明专家组成员；2010年中国园林博物馆筹建，在筹建指挥部办公室任工作顾问组组长。

我感到纳闷的是，从未学过工程建筑的耿先生，怎么就成了著名的园林专家了呢？

通过这次微信聊天，多少让我明白：园林是物化了的精神追求，是人们精神追求的物化，是有声音的诗，是有生命的立体的画。而耿先生从小就受中国传统文化熏陶、有着高深的诗画修养和聪颖的悟性，加上他凡事追求完美的性格、干一行爱一行的敬业精神，从而在园林建设领域闻名遐迩，就一点也不奇怪了。

海洋生物学家蕾切尔·卡逊在《寂静的春天》里有这么一句话："那些感受大地之美的人，能从中获得生命的力量，直至一生。"耿先生的这本诗选，就是他平生领悟、欣赏、热爱天地人间大美的感怀之作，作为读者，从中也能感受到这种美的魅力，"能从中获得生命的力量，直至一生"。《论语·雍也篇》中孔子曰："知者乐水，仁者乐山；知者动，仁者静；知者乐，仁者寿。"我想，"仁者寿"，可能是因为"仁者，爱人""仁者乐山"之故吧？因为一个心中充满了爱的人，自然就多一些人生的快乐，从而心宽体胖、健康长寿。耿先生今年已是快八十岁的人了，仍身康体健、耳聪目明、思维敏捷、精神矍铄，看他这架式，活一百岁没问题。

最近在微信上看到这么一段话：

为什么网上的一些素未谋面的朋友，能像知心老友般亲切？

英国一位网友的留言一语道破——

因为我爱你的真正原因，就是我们在最深层面上共享的生命感。你看待生命的方式，就是我的方式；你体验活着的感受，也是我的感受；你看世界的眼睛，跟我是那么的一致。我爱你，因为你让我感觉到，在这个世界上，还有跟我相似的灵魂。

有道是：酒逢知己饮，诗向会人吟。我之所以这么由衷地欣赏耿先生的诗，可能就是因为我们有"在最深层面上共享的生命感"吧；读他的诗，有一种发现"在这个世界上，还有跟我相似的灵魂"的喜悦吧？

按耿先生对本诗选的分类、时序要求，编完此书后，因为书前有耿先生相知相交凡七十载的好友、著名的《乌苏里船歌》的主要词作者胡小石的代序《短笛无腔信口吹——耿刘同与他的题画诗》，我便电话请耿先生写一篇后记与之照应。不出我之所料，几天后，耿先生把这一任务转嫁到我身上了。这让我很有精神压力，生怕有负重托。酝酿了好久，才写成这篇后记，深恐辜负了耿先生的期待。

最后，受耿先生吩咐，特别感谢北京玉渊潭研究室主任靳涛先生为本诗选所做的前期整理、录入、初编工作！衷心感谢中国书法家协会主席苏士澍先生为本书题写书名！

何宗思

2018 年 6 月 22 日星期五

于北京天宁寺

图书在版编目（CIP）数据

丹青吟草：耿刘同诗选 / 耿刘同著.—北京：中国国际广播出版社，
2018.8
ISBN 978-7-5078-4357-6

Ⅰ.①丹…　　Ⅱ.①耿…　　Ⅲ.①诗集－中国－当代　　Ⅳ.①I227

中国版本图书馆CIP数据核字（2018）第201171号

丹青吟草——耿刘同诗选

著　　者	耿刘同	
责任编辑	何宗思	
版式设计	国广设计室	
责任校对	徐秀英	

出版发行	中国国际广播出版社 [010-83139469　010-83139489（传真）]
社　　址	北京市西城区天宁寺前街2号北院A座一层
	邮编：100055
网　　址	www.chirp.com.cn
经　　销	新华书店
印　　刷	环球东方（北京）印务有限公司

开　　本	880×1230　1/32
字　　数	120千字
印　　张	6.75
版　　次	2018 年 9 月 北京第一版
印　　次	2018 年 9 月 第一次印刷
定　　价	68.00元

CRI
中国国际广播出版社

欢迎关注本社新浪官方微博
官方网站 www.chirp.cn